D0601655

Tormenta de pimienta
Colección Somos8

www.nubeocho.com · info@nubeocho.com

Primera edición: marzo 2021
ISBN: 978-84-17673-79-6
Depósito Legal: M-29186-2020

Impreso en Portugal.

TORMENTA DE PIMIENTA

Rafael Ordóñez Marisa Morea

nubeOCHO

¿Sabías que los **elefantes** tienen miedo de **los ratones?**

En realidad, no siempre fue así. Hace muchos años, los elefantes no les tenían miedo. Vivían tranquilos y sin **ningún problema.**

Los pequeños ratones sí que tenían **un problema...**

¿Te imaginas cuál?

Su problema eran **los elefantes.**

Los elefantes siempre miraban hacia **arriba.** Les gustaba ver las montañas, las nubes y los pájaros.

Lo que había bajo sus narizotas
no les importaba.

Pero ¿y si un ratón despistado
caminaba cerca de ellos?

¡Podrían pisarlo y dejarlo **aplastado** como una hoja de papel!

Los ratones tenían **mucho cuidado,** porque
los elefantes no miraban por dónde caminaban...
¡ni tampoco dónde hacían caca!

¡PUAJ!

—Estoy harto —se quejó un pequeño ratón—. Hoy casi me aplasta un elefante.

—Tienes razón, ya no nos atrevemos ni a salir de casa. Vamos a hablar todos juntos para buscar una **solución** —dijo otro orejoncito.

Esa misma noche, el mundo ratón **se reunió.**

—¡Los elefantes **no nos escuchan!** —dijo una ratona anciana—. El otro día uno me dijo que él no iba a dejar de mirar las nubes ¡y que tuviera yo cuidado!

—¡Los elefantes son unos abusones! —gritó un ratoncito.

—Sí, ¡unos abusones orejones! —dijeron varios.

Todos los ratones se quejaban del comportamiento de los elefantes. Entonces, una **ratona** preguntó:

—¿Qué hace un elefante cuando **se resfría?**

—Cuando un elefante se resfría, tiene **mocos...** —contestó un ratoncillo.

Todos se echaron a reír.

—Pero ¿qué más hace un elefante cuando se resfría? —preguntó la ratona.

—Pues... **¡estornuda!** —dijo otro ratón.

SNIFF!
?

—Sí —dijo la ratona—, y, al estornudar, **agacha la cabeza.** Y si agacha la cabeza, puede ver lo que hay en el **suelo.**

—Pero los elefantes casi nunca estornudan —susurró otro ratón.

—¡Nuestros **primos voladores** nos ayudarán! —exclamó la ratona.

—¿Los **murciélagos**? —preguntaron los ratones sorprendidos.

—Sí. Ellos nos echarán una mano —respondió la ratona.

Esa misma noche, los murciélagos comenzaron a volar siguiendo el **plan de la ratona.** En sus patas llevaban **pimienta picante** y, al pasar sobre los elefantes, se la echaban encima.

Cuando llegó la **tormenta de pimienta,**
¡aquello se convirtió en la **fiesta del estornudo!**

Todo el suelo se llenó de mocos. Los elefantes no paraban de **sonarse las narizotas** y de estornudar.

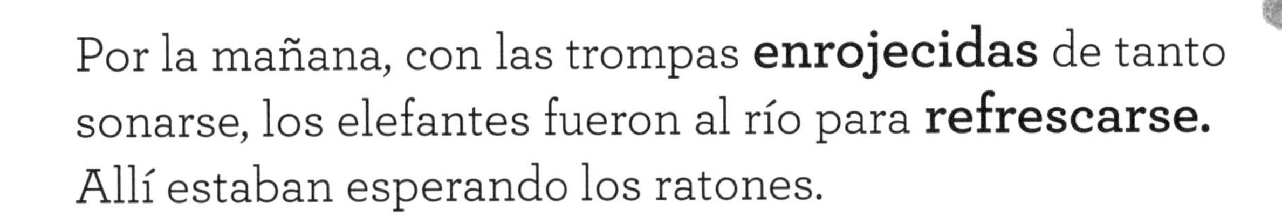

Por la mañana, con las trompas **enrojecidas** de tanto sonarse, los elefantes fueron al río para **refrescarse.** Allí estaban esperando los ratones.

—¿Qué tal la noche? —preguntó la ratona.

Los elefantes miraron **asustados** y no dijeron nada.

—Espero que a partir de ahora cada elefante **mire por dónde pisa** —dijo la ratona.

Los elefantes, avergonzados, **asintieron** con sus cabezotas y se prepararon para salir corriendo.

Los ratones sonrieron satisfechos. ¡Su plan había funcionado!

Desde entonces viven tranquilos, porque, si los elefantes no tienen cuidado... ¡volverá la **tormenta de pimienta!**